O —

editora Urutau

rua do cajú, 478,
jardim das cerejeiras
06724-015
cotia-sp (brasil)

rua manuel pacheco nobre, 128 - 5º esquerdo
2830-080
barreiro (setúbal)
portugal

[+351] 928053619 [portugal]
[+55] 11 95608 8983 [brasil]

www.editoraurutau.com.br
contato@editoraurutau.com.br

[EDITORES]
tiago fabris rendelli & wladimir vaz
[COORDENAÇÃO DE REVISÃO]
debora ribeiro rendelli
[REVISÃO]
marcella sarubi
[DIAGRAMAÇÃO]
victor h. azevedo
[CAPA]
victor h. azevedo, sobre pintura de fernand pelez

dados internacionais de catalogação na publicação (CIP) de acordo com ISBD

N633c Nicodemo, Antônio Benedito
A criança que matou a sede na lágrima do anjo / Antônio Benedito Nicodemo. - Cotia : Urutau, 2023. 52 p. ; 13cm x 19cm.

ISBN: 978-65-5900-572-7

1. Literatura brasileira. 2. Prosa. I. Título.

2023-2685 CDD 869.985
CDU 869.0(81)

Elaborado por Odilio Hilario Moreira Junior - CRB-8/9949

A CRIANÇA QUE MATOU A SEDE NA LÁGRIMA DO ANJO

ANTÔNIO BENEDITO NICODEMO

[primeira edição]
URUTAU
outubro de 2023

sumário

A FESTA DO CABELO

Eleodora se pôs de manto branco e fitas douradas na frente da cômoda para expulsar o sol com medo que o açúcar derretesse. Era o dia. Todo dia 27 de setembro, há anos, era ela quem em olho e coração costurava a festa.

O sol debandou-se depois de três ave-marias. Não conseguia nem se dar o direito de brilhar na manhãzinha tamanha as preces de Eleodora pra que não aquecesse.

Era o aniversário das sobrinhas gêmeas. Dia das santas meninas. Dália e Daliléia tiveram a boa sorte do céu de virem bonitas e cabeludas. Muito cabelo. Tanto, que as vizinhas só de chegar perto já sentiam azia.

Acontece que na cidade de Misericórdia todo mundo nasce feio. Feio e sem dentes. Sem dentes e sem cílios. Sem cílios e sobrancelhas. Sem sobrancelhas nem cabelos. Nem unha. As unhas, poucas e fracas, esfarelavam com o passar dos anos feito lua.

Feios.

Deus dormiu no dia de fazê-los. Menos as gêmeas. Essas, providas de cabelos, dentes e sobrancelhas, eram adoradas como santas por toda a Misericórdia e arredores.

Eleodora tinha na vaidade de ainda moça ser a herdeira desse pedaço de céu em plena terra. Madrinha das duas, educou as meninas para servir a dor do outro e curar até o que nem tinha cura. Não contava a ninguém que tinha pegado as meninas, roubado de Deus, que andava cochilando demais numa quinta-feira em pleno meio-dia.

Quando as gêmeas passavam pelas ruas, trançadas, longas tranças, as crianças e senhoras podiam tocá-las e beber de véspera um milagre.

Os moradores da cidade, todos bem horrorozinhos, sem cabelos, mas sob o mesmo céu, se destinavam a fazer promessas. Todos decoravam as portas e janelas de doces e preces pra procissão. Teve um, numa manhã, que resolveu botar dinheiro junto a uma vasilha de pipoca:

— Diz que dinheiro não. Dinheiro não precisa.

Sussurrou Eleodora. Todo ano era assim.

Todo ano, há quinze anos, Misericórdia ganhava cheiro e gosto de açúcar pra saudar as santas meninas. Ano passado, por exemplo, Dália só de abraçar curou um andarilho paraplégico, o sino da igreja desembestou em alegria, e as carolas, carecas e banguelas, ungiam de guaraná a testa dos netinhos:

— Vê se pode. São o próprio Cristo!

— E não é?!

— E então?

— Salve Dália e Daliléia! Viva as santas meninas!

Moravam numa casinha de terra batida que dava quina pra uma encruzilhada. Bem de quina.

Junto a Eleodora, Esther, a do meio de sete irmãs, que nunca conseguiu contar por não saber dizer número ímpar, ajudava a mais velha na criação das gêmeas meninas. Morava no jardim, nunca entrou em casa, e, toda noite, dormia nua com anjos que, escondidos, desciam na crina das nuvens que bebem a noite. Nasceu assim, servente ao céu.

Acontece que esse ano, quase meio-dia, quando o arroz ganhava coco na cozinha de dona Vidinha, Daliléia resolveu que não queria procissão.

— Este ano não!

Eleodora levou alguns minutos pra entender o que a menina dizia. Agora, mais crescida, Daliléia reivindicava seu direito em não sair trançada pelas ruas, muito menos curar cegueira ou gastrite cafeinada.

— Diz pra titia que eu não quero. Não quero mais, puxa vida!

Dália, que das duas era a mais fiel à serventia de Deus, na sua inocência, foi doce como cana:

— Tá bom.

O sino cantou sete vezes.

Por ser número ímpar, Esther não percebeu a hora santa e se alojou com Miguel atrás de um vaso de Jorge.

— Que saudades, meu bem.

— Mas é?

— E não?

— Se é!

Daliléia fez de sua infância santa uma oração direta ao Sol que, já aos beijos com a Lua, planejavam juntos filhos e nomes.

— Mas que inferno! Me expulsam e agora me chamam. Ave-maria!

O Dourado, ouvindo o que pedia a gêmea-menina, se aproximou de novo. Afinal, não se rejeita ordem de santa.

Derreteu tudo que era vela. Tudo que era açúcar. Todos os pedidos de promessas.

Eleodora jogava praga pra tudo que era canto, inclusive na sobrinha:

— E fez isso pra quê? A caso de quê, criatura?!

— Não quero festa. Não quero bolo. E muito menos me ser santa.

Dália, que assoviava o doce de ser no canto da boca:

— Deixa, tia. Também nem faço questão. Ano que vem se comemora.

Daliléia se irritou com o choro da tia-madrinha e fugiu porteira afora. Saiu tão chispada, afetada, atingida, que nem reparou que um rio fazia curva exatamente naquela hora, na quina da encruza.

Foi levada pela água doce. Afogou-se em pleno aniversário.

O BATISMO DE ISADORINHA

Acordou, e era uma quinta-feira, ansiosa como se fosse conhecer o mar.

— Hoje o céu vai falar o meu nome.

Repetia isso para os vizinhos e até para o cachorro, que insistia em não largar do braço.

— Cocadinha, hoje é o dia! Quando eu voltar, meu nome será meu nome mesmo. Imagina?!

Isadorinha, que já tinha um pouco mais do que os poucos anos que a cabia, não foi batizada. A mãe prometeu que a avó faria isso, deu para velha de presente a função do ato. Acontece que, no dia, vovó dormiu um sono longo e sem acorde. Mais de dez anos. E, junto disso, dormiu o nome.

Dez anos de nome cochilado.

Ninguém conseguia saber. A palavra nem nascia no canto da boca.

Ao chamar a menina, todo e qualquer um assoviava feito cancão, pássaro urgente. Dormiu a avó-madrinha e junto o nome Isadorinha.

— Olha que nem sei…

— Não sai. Não sai mesmo…

Ninguém conseguia falar. E assim passaram os anos e Isadorinha nunca foi chamada pelo nome.

Acontece que ontem, já passava da meia-noite, e a menina ouviu no meio-fio do quase dia um bocejo gostoso vindo do quarto. Vovó-madrinha tinha acordado e, para o espanto da menina, ainda aparentava a mesma idade.

— Vovó! Acordou! Jura que acordou?!

A avó, teimosa e de um gênio próprio e inominável, retrucou:

— Dormindo o quê, menina! Só tava descansando as vistas.

A família então correu desesperada, tirando das caixas tudo que era guardado: saia, anel, retrato e sapato.

— Anda, minha gente! Anda batizar a menina!

Isadora não cabia mais no vestidinho de missa que foi feito a mão por uma vizinha. Improvisaram pegando escondido o de noiva de uma prima recém-casada.

— Pega e não deixa saber. Diz que é igual, sei lá. Bota na menina!

Ralhava uma tia que já não morria tinha uns vinte anos. Arrumaram tudo. Absolutamente tudo. Mandaram um pequenino com olho de estrela avisar a parentada e, de manhã, seguiram em procissão até a igreja, a família, menina e vó-madrinha. E lá, nos pés do altar, logo depois do sermão do bom domingo, às vésperas da bacia santa, já quase vendo a água cintilar na testa e o padre honrar o bendito nome, Isadorinha ouviu um som familiar, bodejo de descanso de vó. O ronco da velha retumbou pela igreja como tambor em dia de festejo, trincando a vidraça de São João Batista.

— De novo? Outra vez?

E lá se foi, em pleno santo domingo, dormir o nome de Isadorinha.

NUVEM DE POEIRA D'ÁGUA

Não chovia tinha o quê? Uns oito anos? Era terra e poeira que ardia o olho. O mar, cansado de servir de banheira, exigiu que só menina sem beijo na boca ia poder entrar. Homem, nem pensar. Não queria servir de desculpa. As senhoras acima de cento e quinze anos tinham o aval de entrar somente às quintas-feiras.

Ela era moça de tudo, tadinha. Tinha o quê? Seus vinte e sete? Guardava uma vontade incontrolável de consumar o ato. Namorava há seis, mas não abria mão de banho. Até que um dia, do nada, formou-se uma nuvem passageira de poeira d'água.

Era a chance.

A moça se desesperou e rompeu a porta correndo. Pegou um bambu comprido que ensaiava sopro com o pouco de vento e nem se desculpou com os outros. Arrancou o par de brincos dourados e jogou pro ar. Subiu na pedra mais alta da aldeia e cutucou a pobre nuvem:

— Ou você chora por vontade própria ou eu mesma te magoo!

Deu-se a desgraça. A nuvem se enfezou a ponto de dizer ventanias para menina. E era isso que ela queria. Trovejou. Gritou. Começou então um temporal que nenhuma criança ainda tinha visto.

A moça saiu correndo até a porta do amado e ele, tadinho, que tinha acabado de acordar de um sono pós-cachaça, foi puxado para fora, pra debaixo.

— Me beija agora! Amanhã só Deus sabe. Agora. Na chuva. Assim!

NADIN E AS MIRINS

Começou com duas abelhas pequeninas e, em pouco tempo, tinha seu próprio enxame. Dez mirins, cada uma na ponta do altar de um dedo, coroadas nas mãos de Nadin.

Uma, na verdade, era um zangão, mas tinha um bom humor muito particular.

Nadin era um curioso nato. Abelhudo de berço, colecionava novidades e corria para o pai pra dividir o mel e isso e aquilo e "olha o que eu aprendi hoje". O velho, sempre cansado da cana, ouvia e cuidava delas para Nadin tomar banho.

— Conversa com elas, pai. Fala, senão dormem.

Um dia o menino prometeu levá-las para um passeio. Na verdade curiava o além daqui. Montou a pipa e decorou as pequenas como rabiola:

— Voa. Sobe e, quando descer, me conta.

Passaram a tarde daquela quarta-feira entre céu, vento e outros sonhos. Na volta, uma fez questão de enaltecer que lá em cima não tem nada de muito. Pouca coisa. Pouquíssima. E outra: Tudo com muito ou pouco sal.

— O que contou o céu pra vocês todas? Tem ladrilho o que é rua? Ou nem rua tem? Deus tem vó? — Perguntava Nadin, já coberto na cama.

As abelhas se balançaram em perfeita harmonia: Nada.

Nadin achou uma babaquice o céu ser assim. Desconfiava.

— Sem açúcar e sem rua?! Lugar idiota pra viver.

As abelhas zelavam pelo sono do garoto em sentinela. Nadin gostava do som das asas em sincronia. Preferia o céu do sonho. Ia dormir para sonhar mel, para amanhã dividir com o pai.

ABÁ

— Mãe, quantas nuvens nascem de manhã?

A mulher, entendida de tempo, retrucou com um olhar ensolarado:

— Nuvem não morre filha. Vive. Tá sempre lá em cima. Não tem o que nascer senão acaba.

A menina, que era a mais velha de cinco nascidas no mesmo dia, por carregar minutos a mais de existência, andava de braço, colada, com uma estrelinha que fingia passar despercebida feito pássaro. Escondida. Camuflada. Era ela que guiava o canto, a boca, o olho e os achismos de Abá.

— Mamãe! E o mar? Nasce como as ondas e a canção que a água dá?

— Nascem dos fios, das pontas deles. Dos fios de cada cabelo da Rainha. De noite, por exemplo, veja só: de noite, quando acordam as conchinhas e as serpentes douradas brincam de coroa, aí, nessa hora, cantam as maiores e mais belas ondas. Repare a Lua.

A menina sentou na beira da pedra e olhou o Céu, pretinho como sua cor, sorrindo à luz crescente de onde mora Jorge.

— Espia. Quando a Lua se encher de prata, perceba como dançam os cabelos d'água.

E lá ficou Abá. Dias. Até a Lua se vestir brilhante por inteira.

— Mãe. Mãezinha veja: e os anjos? Quantos eles são? E outra: qual a cor que um anjo tem?

A mãe, que tinha acabado de pôr para dormir a caçula de cinco iguais, levou Abá até a margem e fez a menina se assistir na superfície com a luz da noite cheia.

— Vê? Qual cor tem?

Abá sorriu enquanto os cabelos do mar ondavam nos seus pés. Um anjo d'água. Fechou os olhinhos e se cobriu com a estrela que a acompanhava na Terra. Aquela noite dormiu quentinha e sonhou que nuvem era. Lá em cima e sem fim.

A CRIANÇA QUE MATOU A SEDE NA LÁGRIMA DO ANJO

Um berro de cima, imaculado alarde.

Guerreirinha, Guerreirinha acordou com os gritos e se deparou com a casa de terra batida toda ensanguentada. Devoravam tudo que viam pela frente. Bicho, casa, planta e gente.

Tinha vinte e sete dias de sol que não baixava. Nem de noite. O Sol fez no Céu uma espécie de âncora e não arredava o pé. Acontece que, desde a última quinta-feira, subiu do chão num cordão de espinhos não sei quantos e tantos. Foi uma das vezes que o Céu teve de fazer as pazes com a Terra.

Santos e santas montados em querubins travavam a batalha num fecho tolo de luz que conduzia iguais aqueles de fim de tarde. Não entendeu o porquê de ver os pais no chão de olhos abertos e a avó agonizando de fome.

Na frente de casa, no pé de mangueira, primos e irmãos mais velhos, dependurados pelos pés, choravam, enquanto cães dentados faziam uma ronda em volta das cabeças. Riam. Riam e gargalhavam.

Nunca tinha visto de perto o Inferno.

A menina, ainda de camiseta surrada do pijama, se escorou na calçada de terra, e, pé ante pé, tentou ir para o fundo da casa. No caminho, pelo chão, trombava com pequenas pérolas e restos de tecido azul mastigados, lutando contra o vento. Virando a parede, presenciou a força que fazia Nossa Senhora contra o monstro.

Abatida. Machucada.

— Corre, Guerreirinha! — gritou a Virgem Mãe do Céu.

Correu por horas, dias, numa ruazinha sem fim com capim seco e o cheiro de fogo que de longe vinha. Com a boca, peito e alma secos, se deparou com um arcanjo que chorava, tentando estancar o sangue da mão esquerda. Aos pés do anjo, abriu a boca em prece.

Bebeu a lágrima e ali mesmo morreu.

Miguel, ao ver Guerreirinha, Guerreirinha ir embora, com sua própria lança, se deu cabo. Foi uma das vezes que o Céu teve de fazer as pazes com a Terra. Por isso, quando toda criança nasce, chora. É pra dar de beber a Guerreirinha, Guerreirinha e ter seus dias sem seca, sem dor e de peito aberto pra cima do Céu.

JORDÃO

Desembrulhou o pão e caçou na sacola a garrafa de água. Tinha mais de nove dias de sol e procura. Desde que resolveu seguir atrás do caçula, não dormia. Não parou pra dormir. Nenhum cochilinho.

De frente pra um mercadinho, na calçada de terra vermelha, reparavam as senhoras e as atenções.

— Não é ela?

— Quem?

— Aquela.

— Do anjo?!

— Ela mesma.

Acontece que, na outra semana, quase quinta, depois do almoço, saiu pra pendurar as roupas e um clarão banhou quintal e telha. Uma luz que não se sabia direito de onde vinha, mas se sabia que vinha de cima. Se pôs de joelhos perto do batente da porta e, em prece e desespero, desatou na ave-Maria.

Nossa Senhora, forrada de rosas e pregos, dançava entre nuvens e pés de jacarandá. Andava triste, sem criança em casa, e resolveu que, como mãe de tudo, desceria pra levar pra cima um pirralhinho com olho de estrela.

Viu Jordão, que tinha nome de rio, brincando no quintal e decidiu que era ele. Dona Eugênia chorava ao ver seu pequeno envolto de poeira e folhas num redemoinho feito de ar de trombetas celestes.

— Senhora, desce meu menino! — Implorava, com as mãos e calcanhares cortados de cana. A Virgem então se desculpou e, num rompante, rodou a saia, que derrubou porta, janela e quase tudo. Desapareceu jogando sol nas vistas.

Levou o menino.

A mãe então correu para dentro e, contra a parede de barro, arremessou a imagem de Cristo segurando um cordeiro. Condenou o Pai, o Filho e não escapou o Espírito Santo. Uma mãe pode tudo pelo filho. Inclusive odiar a Deus. Odiar e querer a morte de Deus também pode.

— Tadinha. E vai ficar procurando aqui debaixo, tadinha?

— E não é?!

— Dói em mim ver mãe assim. Perdida do filho.

Inconformada, dona Eugênia tomou coragem. Pegou impulso no fim da rua, veio correndo e pulou, agarrando numa nuvem que dormia baixinha. Foi direta:

— Me leva até sua santa. Hoje eu trago meu menino nem que eu quebre esse Céu inteiro.

PESSOA DE BEM

Uma pessoa exemplar. Honrada. Digna de homenagens e todos os salamaleques que servem aos "bons de fé". Pensava muito em tudo e principalmente no próximo.

Pessoa de bem mesmo. Um dia deu-se por perplexa. Aturdida. Assombrada. Acontece que, não batia nem as vinte três horas, enquanto ariava as últimas panelas, resmungava consigo mesma sobre fulana e beltrana e de como agiam ou deviam agir e isso e aquilo.

Todos já dormiam quando Dalvinha ouviu, vindo da sala, um estrondo monstruoso. Sinos, harpas, flautas e cantos. Fechou a torneira e, pousando o pano de prato no ombro direito, foi ver o que era. Parecia que o rádio desembestou fora do ar procurando sintonia. Afastou-se. Esfregou os olhos como criança limpando a terra do parquinho e voltou a esticar o curto pescoço pelo batente.

— Sei que tá aí. Sei que me vê.

Tremeu as mãos. Suou as anáguas. Era primavera e o tempo ainda incerto causava mistério. Olhou o relógio.

— Mas como? Nem agora era quase onze e de repente uma e trinta?

— Sei que me vês. Sei que me viu.

Pé ante pé, aproximou-se. Lá estava ela. Nua. Sentada na sala. Suada da viagem, cabelos grossos e longos até o chão. Muito cabelo. Mãos grandes e pés que, por conta dos fios, mal se viam. Olhos pequenos e sobrancelhas cintilantes. Ao lado, sete cavalos dourados chorando gota de orvalho e, ao invés de crina, um emaranhado de rosas. Era Nossa Senhora.

— Minha Virgem Imaculada!

— Ela mesma.

— Mas como, me fala? Tu. Você, quer dizer, a Senhora cá? Bem aqui e…

— Nua?

— Não. Isso não há o que notar. Imagina. Não por isso.

Mentirosa. A nudez era para ela o termômetro da desonestidade. Nua jamais. Santa ainda?

— Você achou que ia vir vestida? Idiota.

Como se não bastasse o despudor do Céu, Nossa Senhora exalava um perfume peculiar, centrado, único. Não tão único, na verdade, a fez lembrar-se da última terça quando cruzou na rua com uma moça calçada de espontaneidade e a atribuiu:

— Tem cheiro de puta essa aí. Perfume muito forte.

Eis o caso: A Padroeira tinha o mesmo cheiro. "Deve ser o céu um bordel, só pode, pensou."

— Idiota! Pensamento me ecoa mesmo sem som, idiota. Leio o que pensas e, sim, o Céu é bem mais divertido que tua mesa de domingo.

— Ao que devo a visita, Senhora...

— Imaculada Senhora, por favor.

— Imaculada Senhora, a que devo a visita?

— Vais morrer ainda essa semana.

— Eu? Euzinha?

— Tu mesma. Vais morrer porque pulou semana passada a leitura de um dos Mistérios. Burlaste o terço. Não gostei. Nem gosto muito desse copilado, na verdade, mas são as regras. Vai para o Inferno e eu mesma queria te dizer.

— Mas posso eu pedir perdão, não posso?

— Não. Andou muito na linha, pouco pecado fizeste e logo não terás no dia do Juízo algo pra se redimir a não ser esse errinho do terço. Mas não gosto de ti. Não vou com tua cara. Arruma tua mala, desperfumada.

Os cavalos dourados fizeram questão de cagar no tapete da sala. Bosta mesmo. Nada de ouro embora a pele do bicho brilhasse como um fim de arco-íris.

— Tuas promessas foram em vão. Todas elas. — E ainda repetiu a santa: — Divertiste pouco. Uma idiota. O que sempre te faltou foi espontaneidade.

Os cavalos subiram, deixando um cheiro horroroso. O quadro do Jesus branquelo despencou, quebrando no chão e pegando fogo em seguida. O Capeta, sentado nas escadas, ria enquanto virava um outro copo. Agradeceu à Imaculada e foi direto:

— Tua vida, Senhora, é uma mentira. O Inferno é repleto de achismo.

Um redemoinho veio e levou tudo. Menos o pano de prato. Nele, gravada a sincera filosofia e pensamento:

“O Senhor é meu pastor e nada me faltará!”

DONA TARCISIA

Acordou numa quinta-feira com um zumbido que parecia bicho que voa, mas bem grande. Ouviu tanto que alterou até o fim do sonho. Vestiu um casaquinho e foi pra fora de casa ainda sonada. Era tanta gente que lembrava a final da copa de 74. A vizinha da rua, mais especificamente quatro casas depois da dela, tinha nas mãos uma conquista que enveredou a curiosidade das outras.

— Viu, dona Tarcísia?

— Vi o quê?

— Abigail mudou o portão. Quem tem Deus tem tudo mesmo!

E esse foi o assunto da semana. Da semana, não. Da quinzena. Mentira. Foram uns bons três meses em que qualquer conversa ou palpite ou discussão, a exaltação ao novo alambrado de alumínio de Abigail sempre vinha à tona:

— Também, com um portão desses... Até eu.

Acontece que, desde aquela quinta feira, dona Tarcísia perdia o sono. Sentia-se vazia. Estranha. Quase invisível. Teve uma vez, por exemplo, que criou um sorvetinho furta-cor que foi a sensação da garotada. Vendeu o mundo. Só se falava dele e da mãe que pôs no mundo:

— Isso é saborosíssimo. Um paraíso, Tarcísia. Um paraíso.

Dona Tarcísia sentiu por semanas o que é o vazio de um anonimato. Mas, agora, Abigail não só estava entre todos os assuntos do bairro como posava para fotos e deixava, veja bem, deixava que alisassem a coisa toda e ainda completava:

— Dá três toquinhos. Faz um pedido. Assim. Não é só madeira que dá sorte.

O portão de Abigail era o milagre da comunidade. Virou ponto de encontro. Fundo de retrato de família. Encosto dos enamorados. Todos conheciam e gostavam do portão. Teve um que passou de bicicleta e soltou:

— Parece aqueles lá que tem na Grécia. Só que de alumínio.

A situação seguiu a um nível inimaginável, na rádio do bairro, chegaram a mandar música pro dito cujo do portão em agradecimento por embelezar a rua. O que matava Tarcísia não era tão somente o composto de alumínio, e, sim, o fato de que Abigail era acenada, convidada, desejada e agora, amiga toda da cidade de Misericórdia.

Tarcísia chorava:

— Nem saía de casa. Passava o dia orando, não passava? Ralhava com todos. Cuspia raiva. E vê se não passou do limite: mandou gravar no portão uma imagem de Nossa Senhora. Um abuso, sim!

Chegou o fim de ano, o portão se mantinha lembrado e solene, e os acenos para Abigail já se deitavam em abraços e intimidades de todos. Amavam Abigail.

— Chega. Troca de roupa.

— O que foi?

— Vamos dar uma voltinha.

— Pra onde?

— Anda. Se troca.

Tarcísia entrou naquela tarde mais que decidida.

— Bota uma boa farda, entendeu? A mais nova. Aquela lá.

— Do bicho?

— Essa mesma. Que tem o leão. Vai ligando o Uno que hoje a gente vai voltar de portão novo.

O marido, um pobre coitado daqueles que reza depois de ver vulto que nem viu, obedeceu Dona Tarcísia e, antes de trocar a beca, acendeu a vela pra são Cosme e Damião. Se ajeitaram e saíram se sentindo quase que são Pedro. Na esquina, a sobrinha de uma vizinha, parando a motinha, perguntou:

— Missa?

— Missa sim. Quatro de dezembro hoje. Que assim seja.

No caminho, as lojas já anunciavam o aniversário do Messias entre pisca-pisca e papai noel desnutrido de óticas e supermercados. Chegou. Analisou. Contou os guardados e economias. Na loja, um atendente bonitão trouxe a novidade:

— E este aqui? É eletrônico. Tem controle e tudo.

Nesse exato momento, subiu aos ouvidos de Tarcísia uma espécie de sino que a fez quase que sussurrar:

— Eletrônico, você disse?

— Tem controle e tudo.

— Se instala em quanto tempo?

— Amanhã mesmo.

Tarcísia caiu num choro espontâneo igual criança que se machuca quando estoura a corrente da Caloi. No céu, uma chuva torrencial caiu, anunciando dezembro. Trovões e raios de desenho animado. Chegando no bairro, vizinhos acompanhavam e, abraçados a Abigail, em silêncio, como num funeral que recebe treze coroas de flores, velavam a morte jovial e precoce.

— Viu, dona Tarcísia?

— Vi o quê?

— Abigail perdeu o portão.

— Perdeu como?

— Um raio, dona Tarcísia. Um raio. Estourou o tadinho.

No dia seguinte, os vizinhos acordaram com um som diferente, parecia um Santos Dumont, mas pequenininho. Dona Tarcísia manejava o controle com os olhos marejados. Gostava de fazer ao longe, só pra ver a casa bocejar ainda da esquina.

— Se tivesse olhos, com certeza fecharia.

— Quê?

— Um portão são os dentes de uma casa. Não é?

— Ah, acho que é sim.

Dona Tarcísia assistia às pessoas se aproximarem num orgulho descomunal com a sua Jules Rimet de calçada. Abigail também veio e foi recebida numa leve soberba de alumínio chumbado.

— Bonito.

— É, não é?

— Muito.

Dona Tarcísia foi sublime e celestial.

— Estou pensando em gravar nele Santa Bárbara. Era fim de ano, o portão se mantinha lembrado e solene, e, os acenos para Tarcísia já se deitavam em abraços e intimidades de todos. Amavam Dona Tarcísia.

MANIA DE LIMPEZA

Terminou a limpeza e preparou uma bacia de água morna com sal, arruda e rosa branca. Juntou um punhado de vela debaixo do braço e saiu chispada pela escada. Antes de sentar no chão de tacos da sala do fundo, fez questão de confirmar e reconfirmar dezenas de vezes que absolutamente todas as janelas estavam fechadas.

Além de proteger do pó, não queria um som sequer vindo da esquina. Nem fecho de luz. Nessas horas de aproximação imediata com o Céu, não se pode dar sorte para o azar.

Tinha virado amiga e confidente de Nossa Senhora.

Contou pra uma amiga muito próxima, que zombou da cara e ainda ralhou com milkshake na boca:

— Isso é caso de médico. Procura um médico, imediatamente.

Depois disso, nem sequer ousou abrir a boca sobre qualquer novidade divina.

O encontro acontecia sempre às quintas feiras, às vinte e três horas. E sem atraso. Uma vez, se atrasou exatos três minutos e Nossa Senhora deixou-lhe um bilhete: "Pensei que você era minha amiga".

Foi o necessário subir e descer a Escada do Rosário de joelhos em penitência por todos os dias até a próxima quinta feira. E foi em vão. No descuido da subida, Nossa Senhora deixou cair o aviso que era para uma santa muito falsa que morava próxima de Cosme e Damião. Andava espalhando mexericos desnecessários. Desculpou-se pelo descuido.

Raquel, já pronta, esperava pelas vinte e três feito criança em dia de nascimento de irmão. Vinte e três. Vinte e três e dois. Vinte e três e sete. E nada.

Notou então que tinha deixado o chinelo virado de ponta cabeça perto do rodapé. Odiou-se pelo descuido. Desvirou. Abriu, então, vinda do Céu, uma nuvem dourada que chovia peixes amarelinhos. Trombetas, cantos celestiais e, ao fundo, o barulho dos cavalos que vinham protegendo a Rainha. Levou um susto daqueles:

— Quem é tu?

— Osvaldo.

— Osvaldo da onde? Cadê a Rainha?

— Nossa Senhora me pediu em pessoa para que viesse lhe buscar. Hoje é aniversário dela. E ela faz questão da melhor amiga sentada ao lado direito. Raquel então sentiu uma imensidão de bênção a lhe tomar o corpo, erguia sorrisos, abria as costelas. Era, oficialmente, a melhor amiga da Senhora. Com direito a subir de cavalo santo e tudo.

— Deixa eu pôr um casaco então.

— Claro.

— No Céu faz frio?

— Muito. Mas já está tudo nos conformes. A Rainha nos avisou sobre sua sinusite.

Pegou o casaco, pôs os chinelos, fez o "nome do pai" e foi nuvem dourada adentro para sentar ao lado do trono em dia festa. Chegou no Céu e foi recebida com aplausos e lembrancinhas, todos sabiam seu nome, afinal a Santa fez questão de anunciar a nova amizade. De repente, um cheiro ardido começou a lhe tomar as narinas e pensou por instantes ser um riso escapado do Inferno, uma artimanha do Demônio, sabe-se lá. Pensou consigo bem baixinho:

— Esqueceram de lavar o mictório.

ANJO D'ÁGUA

Correu até a terceira madeirinha e escorou na ponte.

— Não consigo mais. Mais e assim eu não consigo.

A outra, que esperou amanhecer para fazer surpresa, assim que o sol sorriu a primeira aleluia, correu chispada.

— Parece que é velha. Tá de idade agora, tá? Anda, vem.

— Não posso mais, não tenho fôlego.

A maior despiu-se com uma rapidez de mentira inventada. Pulou no rio. Ria enquanto fazia da água uma espécie de coroa. Majestou-se nua e entusiasmada com o dia quente. Na margem, Catarina assistia à amiga entre banho, pedra e primavera. "Nada tão bem", pensava e, encorajada, fez o elogio:

— Daqui, assim, parece até uma sereia.

— Sereia é bicho de água doce?

Catarina, assustada com a possibilidade do erro no elogio, completou:

— Sereia nem é bicho.

— Mas é que é sim, não é?

— Sereia é uma espécie de anjo. Só que da água.

— Mas mora em rio?

— A sua mora.

Mercedes resolveu sair do manto d'água que a cobria e se pôs nua numa pedra. Agora, banhada de raio de sol e desconfiada da paixão da amiga, revelou-se quase que um poema:

— Tira tu também a roupa e entra, boba. A água tá docinha, docinha.

Catarina, de vestidinho azulado, sentou na beira, bem no travesseiro da margem para espiar sua sereia. Seguiu assim, compromissada com a visão. Passou a manhã. De tarde moeram cana e de noitinha, quando o vento veio dobrando a lua, baixinho a menina rezou e no seu pedido deu de beber na espontaneidade:

— Deus, em Ti confio um quase tudo. Traga o sol amanhã de novo. Em oração Te peço. Te peço uma aleluia bem quentinha. Amém.

O ANIVERSÁRIO DO DIABO

Quão insuportável pode ser o lugar que não se comemora quando nasceu.

Dizem, e não posso dizer quem, que tudo que se vende do Inferno é lorota besta. Ladainha sofrida de Semana Santa. Depravação gratuita. Tudo o que se diz e se prega é pra não ficar menos bonito para o Céu.

Acontece que lá, entre portinhas e nuvens redondas, só um pode comemorar o aniversário. Bater palmas é proibido. Proibidíssimo, diga-se de passagem. Ninguém foi expulso do Céu, não senhor. Não senhora. O Inferno é feito dos esquecidos. Principalmente daqueles que nunca tiveram uma festa de aniversário.

Santa Rita de Cássia, por sua vez, outra vez, ficou de castigo e correram, vejam só, correram pra abafar todo o burburinho. Acendeu um bolinho dentro do armário, escondida, cantou parabéns sozinha, baixinho, quase sussurrando para si própria. Levou castigo.

Que Inferno de lugar é esse, ou melhor, que Céu é esse que dizem onde somente uma pessoa pode cantar parabéns?

Esses dias de santo e anjo quando a gente cruza na rua e precisa fazer simpatia, esses pequenos textos que constam nos livros e nos autos... Tudo mentira. Lá ninguém pode comemorar o dia em que nasceu, senão o Cara lá, o barbudo, fica triste e, mimado, corre pra saia da mãe Dele dizendo que só Ele que precisa ser lembrado. Difícil de lidar.

Ninguém foi expulso do Céu. Só não se tinha espaço pra festejar.

As certidões de nascimento, por exemplo, somem e ninguém sabe como. Saber, sabe, mas quem é que vai dar nome ao anjo? As velas que se acendem aqui embaixo em prece e tristeza e desespero são tudo pedido de cima. É alguém querendo comemorar o aniversário, daí respinga na gente, não tem como.

Desejam lá em cima e a gente entende aqui que é qualquer coisa. Que é parente vagando, sexto sentido, fantasma, aberração... Mas na verdade é só alguém que não conseguiu comemorar. É quase um pedido de socorro.

Toda oração é um aniversário em silêncio.

Um aniversário escondido.

O Purgatório por sua vez é a mediação. O controle. A contabilidade para saber o que se classifica ou não um aniversário. E tudo é posto na ponta do lápis: se teve docinho ou não, que tia ligou lembrando, se parabéns sem vela, bexiga e bexigão contam como festa ou não. Burocracia das bravas.

Eu tenho uma outra porção de coisa pra contar do que eu ouvi, mas, num resumo, bem resumidinho, o Diabo, meus amigos, só queria festejar.

ANTÔNIO BENEDITO NICODEMO

Nasceu em dia de Santo e era Carnaval.

Sua madrinha o batizou de "Teco".

Antônio sempre quis ter uma irmã.

Aos quatro anos, foi mordido por um cachorro numa festa de Cosme e Damião.

Prefere a noite e seus farelos de lua.

Escreve e dirige teatro.

A memória de Antônio é forjada em festa, luto e devoção.

Na boca, tem quatro incisivos a mais e sua avó sempre lhe disse que isso traria a ele sorte.

FOTO DO AUTOR: FABRÍCIO AUGUSTO

este livro foi editado

na primavera

de 2023